낮은 데서 시간이 더 천천히

몰개시선 004

낮은 데서 시간이 더 천천히

황화섭 시집

몰개

시인의 말

기억의 처음은 내가 기어 다니다가 첫걸음을
걸으면서 똥을 내질렀다는 것, 방에서 벽을 등
지고 앉아있던 사람들이 손뼉을 치면서 그 첫
걸음을 축하해 주는 소리가 들렸다는 것. 자기
도 모르게 흐르는 똥, 그게 생의 마지막임을 우
리는 안다. 허겁지겁 밀리듯이, 가끔씩은 고양
이 수염 따라 살금살금 살았다. 이제 아버지 어
머니 환갑잔치하던 기억이 어렴풋한, 환갑 나
이에 첫 시집을 주위의 많은 착한 사람들의 도
움으로 내게 되었다. 그저 지금까지 힘겹게, 기
쁘게 똥바다를 건너고 있다는 느낌이다.
나의 첫걸음과 함께 했던, 우리의 몸과 마음을
정화시켜 주는 똥을 기억하고자 첫 시집을 낸
다. 어쩌면 기억의 마지막일 수도 있다.

2023년 7월
황화섭

차례

2부 당신이 가꾸시는 꽃밭은 몇 평

3부 당신을 담다

4부 바람을 담다

1부

누구라도 이 꽃을

봄날은 간다

어머니 누워 계시는 묘지 위로
장끼 우는 소리.
쪽빛 하늘, 마른 나뭇잎 밟히는 소리.
바람의 향기, 톱날에 쓰러지는 나무들 톱밥의 냄새.
나는 순식간에 어미를 잃어버린 염소 새끼처럼 운다.
나의 울음소리가 온 산천에 진달래꽃을 피워냈다.

틀니

　내가 초등학교 들어가기 전 여섯 혹은 일곱 살 무렵 어매 나이는 마흔여덟 혹은 마흔아홉이 되던 해, 어느 장날에 어둑한 읍내 골목을 한참 걸어서 허름한 집으로 따라 들어갔다. 머리칼이 희끗희끗한 지금의 내 나이쯤 되었을 아저씨하고 한참을 이야기 하더니, 어매는 입을 벌린 채로, 그 아저씨는 어매의 입 속을 유심히 들여다봤다. 입을 벌린 어매 입을 곁에서 슬쩍 봤는데 입 안에 이가 하나도 보이질 않았다. 어매는 내 이가 흔들릴 때마다 하얀 실로 흔들리는 이를 묶고서는 "사탕 먹을래? 밥 먹을래?" 하면서 내 이마를 탁, 쳤다. 그렇게 내 썩은 이는 하나씩 사라졌었다. 먼 훗날 치과대학을 다닐 때도 어매는 서울 누님 댁에 오셨다가 치과의원이 아닌 어두운 골목길을 한참 걸어 들어가서서 옛날의 그 풍경을 다시 보여주셨다. 그 풍경이 지금 눈에 선한 이유는 어매 입에 틀니를 해드렸기 때문이기도 하다. 어매 돌아가신 지 30년, 지금도 어매는 무덤 속에서 막내아들이 만들어드린 틀니를 끼고 계신다.

무밥

　밤에 살이 붙어가는 이맘때쯤에는 무밥이 그리워진다.
　어머니는 가마솥에 쌀을 넣고서 군불을 지피면서
　김이 올라올 무렵 군불의 세기를 낮추면서
　솥뚜껑을 여시고서 송송 채 썬 무를 다 되어가는 밥 위
에 얹으시었다.
　무밥은 뜸 들이는 시간,
　그 시간 속에서 절묘하게 무가 머물다 나와야 한다.
　밤이 조금씩 익어가는 이맘때만 되면 그리워지는 무밥
냄새.

새

산에 둘러싸인 마을
그 아주 깊숙한 자리에 우리 집이 있었다.
유독 눈이 펑펑 내리는 날에는
유난히도 참새 떼가 마당에 많이 날아들었다.
한낮이 되어 마당에 두껍던 눈이 반쯤 녹을 즈음에도
새들은 하늘을 한없이 날다가도
다시 마당으로 내려앉았다.
"야야, 새들한테 좁쌀 좀 뿌려줘라."
아버지 말씀에 좁쌀을 뿌려주니
참새들이 쫑알쫑알 신나게 좁쌀을 먹어치운다.

그 다음날 또 다시 눈이 펑펑 내리던 날 아침
문득 새를 만져보고 싶었다,
하늘을 날아다니는 새를.

한참 고민하다가 아버지한테 물었다.
"부엌에 재 담아내는 망태기를 나무 꼬쟁이로 세워서
  줄을 묶어서 재 담는 그 밑에 좁쌀을 뿌려두면 새들이
날아든다.

그때 줄을 당기면 새들을 잡을 수 있다."

정말 참새들은 약속처럼 그리 모여들었고
나는 처음으로 참새를 잡아서 만져봤다.
털 아래에서 느껴지는 살의 촉감이
눈 내리는 하늘 속처럼 따스하고 부드러워서
한참을 가슴에 안고 있다가 놓아주면서
한참을 울었다.
새가 나한테 안기었다는 사실을 믿을 수가 없었다.

울 아버지

밤꽃 지면 싸리꽃 핀다.

어린 시절 먹는 게 부실해서였는지
머리에 마른버짐이 아주 생겼다.
한번은 아버지께서 무슨 작은 나뭇가지를 태우시는데
그 가지 끝에서 진물이 나왔다.
부르시길래 갔더니 머리를 숙이라고 하시더니
그 뜨거운 진액을 머리에 바르셨다.
뜨거운 듯 시원한 듯 시간이 지나자 마른버짐이 사라
졌다.

아버지는 나한테는 야단 한번 안 치셨다.
아버지는 48세에 나를 낳으셨으니 애처롭기도 하셨을
것이다.
돌아가실 때까지 딱 한 번 대학시험에 낙방하고 실망
하여 잠시 집에 머무를 때
한번은 아버지께서 하시던 말씀
"야야, 요즘 니 눈에 생기가 없다." 하셨다.
순간 정신이 번쩍 들어서 그 다음 날 새벽에

사랑방 장판 밑에 어머니의 돈창고를 뒤져서
서울로 내뺐다.
서울대학교 분교로 소문났던 노량진 대성학원으로.
명절 때도 부끄러워서 고향집에 가지 않았다.

그 다음 해 봄날이 되어서야 아버지 앞에 나타나 무릎
을 꿇었다.

싸리꽃 필 무렵 우연히 싸리꽃을 보면
거기 앉아서 한참 동안 싸리꽃 향기를 맡는다.
뜨거운 듯 시원한 아버지의 향기를 맡는다.

누에의 꿈

나의 어머니는 비둘기 날개를 닮은 붓으로
한없이 곡식 씨같이 생긴 것을 가끔씩 쓸어주었다.
며칠 후에도 그 씨같이 생긴 것을 몇 번이나 쓸어주었다.

얼마나 지났을까, 그 씨같이 생긴 것들이 꼼틀거리는
듯했다.
아버지는 들에 가서서 뽕잎을 따 오셨다.
어머니는 그 뽕잎을 잘게 썰어서 그 꼼틀거리는 귀여
운 것들한테 뿌려주셨다.
그 씨처럼 생긴 것들은 벌레 모양이 완연했다.
"어매 이게 뭔데?" 물으니 "누에다." 하셨다.
누에들이 커가는 속도에 비례해서 아버지의 뽕 쩌 오
시는 무게가 달라지고
이윽고는 잠 잘 자리가 없어질 정도가 되었다.

가끔씩은 아버지도 쉬는 날이 있었다.
지금 돌이켜보면 그 며칠은 누에가 잠을 자는 며칠이
었다.
누에는 네 번의 잠을 잔다고 한다.

그러다가 며칠 후에 그 많던 누에들이 사라졌다.

"어매, 누에들은?" 하고 물으니 "고치 만들러 들어갔다." 하셨다.

한참 동안 집안이 분주했다.

누에는 번데기가 되었고, 번데기는 고치를 낳았다.

한참 후에 나는 모처럼 새 옷과 새 신발을 신을 수 있었다.

살아오면서 나의 꿈꾸기 연습은 누에한테서 배운 거다.

깎는다는 것

장날이 되면 형과 누나들은 학교로 가고 할 일 없는 나는 어머니 치마폭을 붙잡고서 장에 갔다. 5남 4녀의 막내여서 철들어서도 아버지 어머니와 한방에서 자던 나.

오랜만에 장에 들어선 어머니 몸짓은 집에서와는 사뭇 달라 보였다. 찾으시는 물건을 발견하시면 이미 물건값은 어머니 손안에 있었다. "깎아주이소."로 시작되는 어머니의 흥정은 주인이 두 손 두 발 들 때까지 계속된다. 어머니 처녀 시절 연애하던 이야기부터 자식 자랑까지⋯⋯ 주인은 물건 팔 생각은 어디로 갔는지 마주 앉아 이야기 듣는 재미에 빠져들고

그때를 어머니는 노린다. "해도 저물어 가고 돈은 이만큼밖에 없니더." 하시면서 원하는 물건을 챙겨서는 나의 손을 잡으시고는 다음 가게로 발걸음을 옮겼다.

치과의사는 이빨을 깎고 중은 머리를 깎고 시인은 나무를 깎고 이태백은 달을 깎고 화가는 바다를 깎고⋯⋯ 이렇듯 깎는 것이 삶이라는 것을 나는 어머니한테서 일찌감치 배웠다.

외갓집 가는 길

나의 어머니는 마흔둘에 나를 낳으셨다.
열네 살부터 우리 아버지하고 같이 사셨다.
집안 살림 일구시듯 자식들도 잘 일구셨다.

내 나이 34세 때, 어머니는 76세에 돌아가셨다.
어머니 돌아가신 날 산소에서 훌쩍이다가
해가 지자 무서워져서 집으로 내달렸다.
집 마당까지 달려와서 어머니한테 큰절을 했었다.

아주 먼 훗날 외갓집을 찾았다.
놀랍게도 외갓집 가는 길은
어머니 손에 매달려가던 그대로였다.
꼬불꼬불 어머니 삶처럼 어느덧 이제
나의 삶이 되어버린 그 길.
꼬불꼬불한 그 길이 나의 길이 될 줄 모르고 살았다.
집으로 돌아오는 내내 달맞이꽃은 흐드러지게 달빛에
일렁이었다.

꽃 심기

할머니는 그 많던 이를 세월의 바람 속에 날려버리고 딸랑 이 두 개만 남기고 검은 머리카락을 찾기 힘들 정도의 연륜에도 마당 텃밭에 앉아서 하염없이 꽃을 심으셨다. "내년에 내가 이 꽃을 못 볼지도 모른다." 하시면서 소녀처럼 웃으시며 꽃을 심으셨다. "누구라도 이 꽃을 보며 웃을 수 있으면 얼마나 좋아." 하시면서.

둥지

새의 울음소리가 들리던 날 이후,

허공을 날아다니는 모습에 아름다움을 느끼기 시작한 날 이후,

비가 촉촉이 내리던 어느 봄날에 나는 뒷산 수풀을 헤매고 다녔다.

해가 어둑해지기 직전에 드디어 둥지를 찾아냈다.

푸드득 어미새가 날아가고 둥지에는 새알이 몇 개 앙증맞게 서로 기대고 있었다.

한참동안 새알을 바라보다가 어둠을 헤치고 집으로 돌아왔다.

몇날며칠을 기다리다가 '이제는 새끼들이 알을 까고 나왔겠지' 하고

다시 그 둥지를 찾아갔다.

둥지만 그대로 있고 알들은 새가 되어 날아가 버렸다.

한참동안 멍하니 쳐다보다가 집으로 돌아갔다.

내내 눈물을 훔치면서,

그날 밤 꿈에 뒷산 수풀 가득히 아기새들 천지였다.

눈사람

까마득한 유년 시절 추위를 엄청 타면서도
늦가을 쌀쌀한 바람이 옷깃을 여미게 할 무렵이면
펑펑 내리는 눈이 기다려졌다.
싸륵싸륵 펑펑 눈이 내려 쌓이는 날에
드디어 벙거지 장갑을 끼고서
두 손으로 주먹 크기 단단한 눈을 만들어 한없이 굴리
기 시작했다.
마당에서 시작해서 동구 밖까지 한없이 굴렸다.
힘이 부대껴 더 이상 커지지 않을 때까지 굴렸다.
아버지가 군불 땐 아궁이를 뒤져서 검은 숯을 꺼내서
어머니 얼굴도 만들었다가 아버지 얼굴도 만들었다가
이웃 순이 얼굴도 만들었다가
밥 먹으러 오라는 어머니가 부르는 소리도 듣지 못한
채 한없이 얼굴을 만들었다.
나에게도 그런 행복했던 하루가 있었다.
그런 날에는 매번 꿈을 꿨다.
따스한 햇살에 내가 만든 눈사람이 녹아 사라지듯
꿈의 줄거리도 사라졌지만
그래도 한없이 행복하던 그런 밤이 있었다.

별

음력 동짓날 열나흘 날에도 나의 어머니는 새벽녘에 깨어

정한수 물을 귀한 반상에 올리고서 두 손을 수천 번 비비셨다.

나는 못났어도 부디 우리 아홉 번째 아이는 잘 되게 해 달라고.

그런 날은 학교 시험을 망쳤다.

다음날 나는 어머니를 붙들고 울었다.

"어매요, 칠성신한테 빌지 마소. 어매 기도 소리에 새벽에 잠을 깨서 시험 다 망쳤다카이."

그 후에도 어머니는 늘상 새벽잠을 깨우셨다.

먼 훗날 어머니는 내가 그리워하는 별이 되었다.

새벽잠을 설치는 날이 잦아지는 이유가 되었다.

반려

9개월 만삭인 셋째 딸과 여행을 떠났다. 딸은 며칠 전에 길에 버려진 어린 고양이를 안고 와서 우유를 먹이면서 살려내고 있는 중이었다. 여행가는 동안 대신 돌봐줄 사람을 찾지 못해 어린 고양이와 동행을 했다. 차 뒷자리에서 태워서 오줌도 누이고 우유도 데워 먹이면서.

남해 어디 기운이 좋다는 암자를 찾아서 힘겹게 걸음을 옮기는 중에 기도 이야기가 나왔다. 부처님한테 무슨 소원 빌 거야? 딸이 말했다. 나는 저 고양이가 살아나서 잘 크기를 기도할 거야.

듣고 있던 나는 기가 찼다. 속으로 그래도 애비 에미와 가족들을 위해서 먼저 기도해야지, 그깟 고양이 새끼를 위해서 먼저 기도하냐, 하려다가 말을 삼켰다.

얼마 전 아는 이가 넘어져서 다리가 부러졌다. 수술 후 며칠 있다가 집에서 키우던 강아지가 다리가 부러져 수술을 해야 하는 일이 벌어졌다. 객지에 사는 자식이 강아지 소식을 듣고 부리나케 달려와 울고불고 난리가 났다.

아버지, 말 못하는 강아지가 얼마나 아플까요…….

듣고 있던 아버지는 기가 찼다. 야, 이놈아 나도 다리가
아파 죽겠다, 말을 하려다가 입을 닫았다.

관세음보살.

김득구 선수의 추억

어릴 적부터 레슬링, 권투를 좋아했다. 서울 사는 누나가 동남 샤프 텔레비전을 시골집으로 보내왔다. 아마도 70년대 초, 내가 초등 2, 3학년 무렵으로 기억된다. 김일 선수의 박치기를 보려고 산길을 한 시간 달려가서 친구 집 마루 근처에서 구경하던 때였다. 누나 덕택에 우리 집 안방에서 권투를 볼 수 있었다.

고등학생 때 잠시 쉴 겸 고향집에 가서 텔레비전을 트니, 권투시합을 하고 있었다. 김득구 선수라 했다. 시합 막바지에 득구 선수가 상대편 주먹에 쓰러졌다. 다음날 김득구 선수가 유명을 달리했다는 뉴스를 봤다. 그때 당시의 즉사 원인은 김득구 선수의 입안에 막니 혹은 사랑니가 없어서 어퍼컷 공격을 당했을 때 턱관절과두가 측두골 두개골을 뚫고 들어간 게 직접적인 사인이라는 분석이 나왔다.

먼 훗날 김득구 선수의 아들이 치과의사가 되었다는 소식을 우연히 들었다. 어쩌면 나도 김득구 선수를 애정하는 마음에 치과의사가 되었으려나.

2부

당신이 가꾸시는
꽃밭은 몇 평

강물

강길 따라 걷다가 길을 잃었다.
나는 걸음을 멈췄는데
내내 같이 걷던 강물은 제 갈 길을 가더라.
흐르는 강물에게 멈추라 할 수 없으니
무심한 강물에 내 눈물 한 방울 보태서
같이 흘려보냈다.

석양 1

뭇 새들도 고요해지는 검무산의 정상에서 석양을 기다린다.

뭇 새들이 고요해지는 이유도 석양을 기다리기 때문일지도 모르겠다.

어떤 이는 서쪽으로 산을 타고 넘어가는 이때를 우주가 가장 분주한 시간이라고 했다.

멀리 서산의 작은 나뭇가지까지 보이는 시간,

석양 무렵의 우리들의 정신도 나뭇가지처럼 명료해지는 그 풍경에 젖는 우리들의 마음은

한없는 그리움의 시간으로 스며들어 간다.

석양 2

오랜만에 딸래미들과 같이 동트는 바다로 갔다.

해질 무렵인데 딸래미 느닷없이 석양을 찾길래 "여기는 동해바다여." 했다.

"저기 보이는 수평선은 왜 있냐." 물으니 "바다니까." 하는 딸래미.

그렇게 우리는 히죽히죽 동트는 바다에서 석양을 기다리는 족속이었다.

바보가족들의 행진에도 바다는 그저 하얀 물거품으로 왔다갔다 반겨주었다.

동트는 바다에서 석양을 찾는 딸래미가 꿈속에서는 석양을 보았기를.

모과나무

당신을 처음 만난 날에 우리는 화엄사로 갔지요.
세상 우울해서 화엄사 흑매향 곁에서 울고 싶어서요.

화엄사에 도착하니 매화향이 코로 스며드네요.
당신은 속삭였고 나는 눈을 감았지요.
그때는 당신을 몰라서 혼자 고개를 저었지만요.

여기에서는 모과나무를 봐야 한다면서 저를 이끌었지요.
아직 철이 일러 꽃은 피지 않았지만 나는 모과꽃향을
맡았어요.
당신이 모과나무였다는 걸 오랜 시간이 흐른 후에 알
았어요.

사람들은 모과나무를 보고 다섯 번 놀란다고 하지요.
내려오는 길에 기도했지요.
나도 당신께서 다섯 번 놀랄 수 있는 나무였으면 하고요.

매화꽃 지고 강물은 바다에 닿고
모과꽃 피는 계절이 와도 나는 당신에게 이르지 못했

어요.

　당신과 함께 모과나무 아래에서
　그저 그렇게라도 향기로웠으면 싶었어요.

눈물에 대하여

어떤 시인은 우는 시간을 정해 놓고 울어주자고 제안
했지만
시도 때도 없이 느닷없이 흐르는 눈물을 어찌하리.

옛날에 어두운 어머니 자궁의 터널을 지나 이 세상에
오던 날
응앙응앙 울음소리에 눈물샘이 터졌을 것이다.

살아가면서 제일 필요한 게 눈물 물꼬를 잘 틀어 놓아
야 한다는 듯이
사춘기 시절 첫사랑 소녀와 헤어질 무렵에 이미 알아
차렸다.

살아가면서 눈물을 참 많이도 흘렸다.
눈에 모래알이 들어가도 눈물이 나고
어린 시절 어머니가 많이 아빠서 병원에 실려 가실 때도
눈에서는 하염없이 눈물이 났었다.

좀 더 커서는 가난한 시골 학교에서 공부하던 내가

기찻길 여섯 시간 눈길 한 시간 걸어서
서울의 대학교 운동장에서 합격자 명단을 보는 순간에도
그 자리에 주저앉아 참 많이도 눈물을 흘렸었다.

이제 더 이상 눈물은 흘리지 않으리라 맹세하면서
졸업장을 쥐고 학교 정문을 걸어 나오던 때도 있었다.

기억

기억력으로 우리는
서로를 깔보고 혹은 기가 죽는다.

기억할 것도 별로 없던 어린 시절로 거슬러 올라가다가
문득 내가 세상을 살면서 가장 오래된 기억은 뭘까,
궁금해 한 적이 있었다.

도무지 그 맨 처음을 기억하지 못해서
그저 먼 하늘만 쳐다본 날이 있었다.

기억의 혹독함을 맨 처음 경험한 그날 이후로
기억의 습작 연습은 내 삶의 중요한 일상이 되었다.

혹독할 수 있었던 삶에
가벼움을 던져주는 그런.

정지선에서
―나의, 칠남매 엄마 1

어제는 이번 겨울 들어서 처음으로 눈이 펑펑 내렸어.

지난 몇 달 동안 하루하루가 어떻게 지나갔는지도 모를 정도로 일에 치여 살다가

이제 대충 마무리가 되어서 잠시 쉴 겸 친구 집에 가기로 했는데

아침에 눈을 뜨니 창밖은 완전 설국이더라구.

친구 집까지 가는 기차 레일이 있으면 참 좋겠다고 생각했어.

질퍽질퍽 눈길을 따라 차를 몰고 친구 집으로 가야 했어.

눈은 그치고 햇살이 비칠 듯 말 듯한 날씨.

한참을 달리고 나니, 해가 짧아서인지 어둑어둑해지더라구.

인적 없는 찻길에 정지선이 있어서 잠시 멈추었지.

세상에나!

하얀 둥근 달이 앞을 막아 섰더라구.

나는 그때 그 달이 너인 줄 알았어.

나비의 꿈

딸들의 등쌀에 떠밀려 오랜만에 바닷가를 찾아왔어요.

바닷가 어느 빌라, 오랜 옛날 왕궁이었을 것 같아요.

별들은 온통 거친 바다 속으로 쏟아지고 있네요.

물속에서 허우적거리면서 밤별을 즐기고 있는데,

뭔가 날리는 듯 나는 듯 허우적거리는 게 보여서 유심히 바라봤죠.

하얀 나비 한 마리였어요.

가벼운 손길로 나비를 들어 올려서 잔디밭으로 옮겨주었어요.

물에 젖은 날개가 한없이 떨리더군요.

한참 후에 실오라기 같은 풀잎 끝자리에 올라앉아서 한참을 머물러 있었어요.

고맙다는 듯이 날개를 몇 번 흔들다가

그 나비는 바위를 부술 듯한 파도소리를 뚫고 하늘 별빛 속으로 날아갔어요.

나도 바닷가 왕궁에서 딸들과 날개짓을 하는 나비일까요.

문득 오늘밤 별빛 속으로 솟구친 나비가 꿈속에 찾아올 듯하네요.

세 평

당신이 바라보는 하늘은 몇 평인지요?
당신이 가꾸시는 꽃밭은 몇 평인지요?
당신을 유혹하는 강물의 길이는 몇 미터인지요?

하늘 아래 첫 마을인 봉화 승부에 가시면
세 평 하늘, 세 평 꽃밭을 볼 수 있니더.
기차 기적소리 들으면서 강 길을 따라서 그리움 끝까
지 속삭일 수 있니더.
세 평 하늘에서 세 평 꽃밭으로
별이 쏟아지고
그 별빛은 강물을 따라 흘러가니더.

갈등

시인을 꿈꾸는 고3 막내딸과 그림 전시회를 보고 난 후 꽃 이야기가 나왔다.

나는 며칠 전 등나무 그늘 아래서 맡았던 등나무 꽃향기를 전해주려 애썼다.

"꽃 색깔은 짙은 보라색이고⋯⋯" 하는데 막내가 묻는다.

"아빠 갈등이란 단어가 어디에서 유래되었는지 알아?"

고개를 저으니 등나무와 칡의 관계에서 유래되었단다.

"아빠 앞으로 써 먹어." 한다.

이렇게 '써 먹으면서' 꿈꾸는 시인이 된 아빠와 시인을 꿈꾸는 딸래미,

언젠가 등나무 아래서 봄비를 맞으며 시를 읊을 수 있을까.

그런 날이 오면 등나무 꽃향기가 더욱 진하게 피어날 듯하다.

바람

꽃은 저기서 피어도 꽃향기는 여기로 오네.
바람 불어 좋은 날
꽃이 바람에 안기듯 우리는 서로를 끌어 안네.
바람은 안다네,
꽃이 져도 그 향기는 바람 속에 남는다는 것을.
우리도 안다네,
헤어져도 그 그리움은 마음속에 남는다는 것을.

하얌 1

    누가 하얌을 보여달라 하면 나는 주저 없이 하이얀 박
꽃을 보여주리.
    팔월의 은하수와 달빛을 흠뻑 빨아들인 박꽃을 보여드
리리.

하얌 2

갓 태어난 신생아의 입안처럼 이 하나 남아있지 않던,
막내 손자가 잠들 때까지 끊임없이 옛날이야기를 들려
주시던,
할머니의 하얀 머리칼을 보여드리겠어요.

이제 그때의 할머니 나이가 된 내게
꿈결같이 찾아온 손녀의 입안에 숨어있을 하얀 이를
보여드리겠어요.

어버이날

붉어서 좋은 꽃도 있다.
하얘서 좋은 꽃도 있다.
아버지 어머니 그리운 날엔 하이얀 꽃이 더 좋다.
내 눈물 그저 하얄 수밖에 없는 날
아버지 어머니 산소 옆에 심은 하이얀 꽃이 속울음이
무엇인지 보여주었다.

3부

당신을 담다

1분 영화

—나의, 칠남매 엄마 2

우리 때는 면 단위까지 초등학교가 있었잖아. 동네마다 아이들이 버글버글했잖아. 코필래기 아이들이 있었잖아. 첫사랑이 생길 나이였지. 나에게도 그런 여자애가 있었는데 말 한마디도 건네지 못했지. 그래도 그 기억으로 지금까지 그 시절을 떠올리면 여전히 참 좋은 아이. 그러다가 중학교에 들어가니 완전 별세상이었지. 처음 보는 여학생들 교복 입은 모습, 한 학년 500명 중에 절반 250명 정도가 싱그러운 여학생들이었지. 집에서 중학교까지 걸어가면 한 시간, 자전거로 가면 삼십 분이 걸렸지. 그때 나는 보통 수업시간 시작하기 한 시간 전에 교실에 도착했었어. 1학년에서 2학년으로 올라가는 첫날, 교실이 바뀐 줄 모르고 늘 가던 교실문을 열었는데, 어슴푸레한 우리 교실에 여학생 한 명이 창가에서 공부를 하고 있는 거야. 순간 교실이 바뀐 걸 알았지. 그 순간 내 인생도 바뀌었지. 긴 짝사랑이 시작되었지

별똥 교수님

나일성 교수님께서 틀니가 잇몸에 눌려 아프시다 하시면서 치과에 오셨다.

15년 전쯤에, 나교수님께서 세계천문학회 부회장으로 계셨을 때 체코 프라하에서 세계천문학회가 있었다. 그때 나교수님께서는 주위의 몇몇 사람들을 초대해서 프라하로 같이 가셨다. 딸래미 둘이 같이 동행을 했다. 무려 14박 15일 국빈 대접을 받으면서 프라하 여행을 했다.

큰딸이 고등학교 2학년, 둘째딸이 중학교 3학년이었는데 여행 중에 나교수님께서 딸래미들한테 외국 유학을 권하셨다. 그것도 중국 상해로 가면 좋겠다고 하시면서. 체코 여행에서 돌아와서 딸래미 둘은 상해로 유학을 가겠다고 했다. 상해 어느 학교까지 구체적으로 지정해주시며 그 학교로 갈 수 있도록 아주 구체적으로 도움을 주셨다.

어린 나이에 힘든 상해 유학 생활을 하고 10년 후 둘은 귀국했다. 중국어가 능통해 각자의 자리에서 더욱 빛을 내고 있다. 별들은 빛나고 있다.

나교수님께서는 연세대 천문학과를 졸업하시고 미국에서 20년 넘게 유학 생활을 하다가 40대에 귀국하셔서 연세대 천문학과 교수 생활을 시작하셨다. 연세대 천문학과 석좌교수를 마지막으로 학교를 떠나신 후에 이곳 예천에 개인 천문박물관을 만드셨다. 벌써 30년 전 이야기이다.

"교수님 왜 하필이면 서울에서 멀기도 한 이곳에 박물관을 지으셨습니까?"

"여기 예천이 밤하늘 별 관찰하기가 젤 좋은 곳이야."

90 연세에도 하루 8시간은 반드시 책상에 앉아서 천문학 책 집필에 집중하신다.

허리가 꼿꼿하시고 서울에서 손수 운전을 해서 사모님과 함께 예천을 다녀가신다.

건강 비결을 여쭈니 "밤하늘에 별이 있잖아, 가끔씩은 별똥도 빛을 내면서 떨어지고." 하시며

별똥이 땅으로 떨어지는 이유는 낮은 데서 시간이 더 천천히 흐르기 때문이라며 조바심 내지 말고 천천히 살

아가세나 하셨다.

　먼 훗날 문득 떨어지는 별똥이 눈에 들어오면 별똥 선
생님 얼굴도 내 눈에 함께 들어올 듯하다. 별들은 빛나고
있다.
　별똥 교수님, 오늘은 유난히 밤이, 별이, 당신의 인자한
미소가 그리워집니다.

처음이었다

나는 치마라 했다. 너는 외나무다리라 했다.
나는 향기라 했다. 너는 산새 울음소리라 했다.
나는 아침이슬이라 했다. 너는 저녁노을이라 했다.
내성천을 손잡고 거닐던 그날
나는 흐른다 했다. 너는 샘솟는다 했다.
나의 손은 샘이라 했다. 너의 손은 흐름이라 했다.
해질 무렵 갈대가 바람과 속삭이던 그때
나는 있다고 했다. 너는 없다고 했다.
나는 허리라고 했다. 너는 혀라고 했다.
내성천이 산새 울음소리보다 더 고요했던 그날 새벽
나는 나라고 했다. 나는 너라고 했다.
황지연못이 잠시 시간을 잊어버린 그날 새벽에.

기짱 어른

내가 자란 마을은 신작로를 바라보며, 서른 호 정도의 집들이 서로 다투지 않을 정도의 적당한 거리를 유지하며 사이좋게 붙어 있는 마을이었어. 동네 어른들끼리 혹은 아이들끼리 서로 싸우는 풍경을 본 기억이 전혀 없어. 어른들은 한없이 노동에 지칠 만했을 텐데도 절기를 잊지 않고, 화전놀이에 풋구에 적당히 휴식을 취할 줄도 아셨지.

일 년 중 어른들이 가장 분주했던 때는 낡은 초가지붕을 걷어내고서 그 해 농사 지은 새 볏짚으로 지붕을 바꾸는 날로 기억을 해. 집집마다 돌아가면서 새 볏짚으로 바꾸고 나면 동네 전체가 새색시 같은 모습이었지. 그맘때는 보통 마을에서 키우던 돼지 먹따는 소리가 요란했었지.

마을에 유독 한 집만 기와집이 있었어. 우리 아버지 택호는 남촌 어른이었어. 고모부는 그 마을에 태어난 고모와 결혼해서 본동 어른으로 불렀고. 근데 그 기와집 아주머니는 의성에서 시집와서 의성댁이라 불렀는데, 그 기와집 아재는 기짱 어른이라 불렀어. 아마도 기왓장을 줄여서 그렇게 부른 것 같아.

집집마다 어른들이 두레로 힘을 모아 지붕을 교체하던 그런 날에도 그 기짱 어른은 읍내로 유랑 나가서 저녁 막차를 타고 집으로 왔어. 얼그리 취해서 집에 가는 그런 날은 거의 대부분 그 기짱집에서는 그릇 깨지는 소리에 아이들 우는 소리가 났어.

그 무렵 우리집이 나름 동네에서는 두세 번째 가는 부자였던 걸로 기억을 해. 나중에 들은 이야기인데 그 땅들은 할아버지한테서 물려받은 게 아니라 거의가 부모님의 땅으로 샀다고 들었어.

그런데 그 기짱 어른은 전혀 논밭갈이 일을 하지 않았어. 마을 인근의 대부분의 논밭은 그 기짱 어른네 땅이었어. 좀 더 나이가 들어서 그 기와집이 부자인 이유를 어머니한테서 들었어. 그 기짱 어른의 아부지가 일제강점기 때 순사였다고. 그때 당시 순사는 남의 땅을 이런 저런 핑계를 대고서 마구 뺏었다고 하더라구. 한참 세월이 흘러 마을 전체 지붕들이 슬레이트 혹은 기와로 바뀌었는데도 사람들은 그 아재를 기짱으로 부르더라구.

낮은 땅에서 살아보려고

신림동 관악 캠퍼스는 봉천동 지하철역을 내린 후에 한 시간은 걸어가야 대학교 정문이 보였다. 정문을 들어가려는데 전경들이 총을 멘 채로 학생증을 보여달라고 했다.

교문을 지나 30분을 더 걸어가야 자연과학관이 나왔다. 생물학 첫 수업에 들어가니 강의실은 영화 하버드대학 교실처럼 생겼다. 강의실 맨 뒤쪽에는 또 다시 총을 멘 전경 수십 명이 차렷 자세를 하고서 우리를 쏘아보고 있었다.

생물학 교수님이 헛기침 몇 번 하시더니 "여러분 생물과 무생물의 차이에 대해 지금부터 이야기하고자 합니다."라고 말했다. 나의 대학 첫 수업에 대한 기억이다.

나는 슬금슬금 강의실을 빠져나와 정문으로 다시 나갔다. 수업이 미처 끝나기도 전이었다. 정문 바깥쪽 길가에 헌책을 팔고 있었다. 『思想界』 『씨알의 소리』 곰팡내가 나는 것 같은 책.

당시 형님은 약수동에서 헌책방을 열고 계셨다. 그때 산 헌책을 다 읽고 나면 형님한테 갖다 드렸다. 형님 말씀 "야야, 대학 들어갔으면 전공책을 읽어야지 뭐 이런 헌책을 읽노." 하셨다. 다음부터는 그 헌책을 읽고 나서 형님 헌책방에 갖다 드리지 않았다.

지금까지 나는 딱 한 번 모범생이었다. 졸업정원제에 걸맞는, 그의 막내딸을 일류대에 보내기 위한 단기 처방이었다는 후문, 혹은 학생 데모를 막기 위한 처방이었다는 후소문이 들렸지만, 그의 막내딸이 서울대 독문학과에 입학한 건 사실이다. 느닷없는 석사장교 6개월 제도로 그의 아들, 그의 친구 아들도 석사장교 6개월로 군제대한 사실 모르는 사람이 없다. 그들이 석사장교 6개월 제대 후 얼마 안가서 석사장교 제도는 폐지되었다. 대학 졸업 정원제도 없어졌다.

나는 재수할 때 군 신체검사를 받았는데 현역이 아닌 보충역 판정을 받았다. 소위 말하는 방위병이었다. 그 다음 해에 치과대학에 입학해서 졸업 후에는 군의관으로 갈 수 있었다. 문제는 졸업정원제였는지도 모른다. 오전 수업 끝나고서 식당으로 가면 보통 한 시간 정도는 줄을 서야 식사를 할 수 있다. 학생 수가 그전보다 30프로나 늘어나서다. 어느 하루 점심 줄을 기다리는데 앞에서 군 입대 문제로 후배가 선배에게 자문을 구하는 이야기를 한 시간 엿들었다. 그 선배 이야기가 진실로 내 맘에 다가와서 나는 며칠 후에 학교를 그만두고 방위병으로 입소했다.

무려 6개월의 세 배인 18개월 방위병 군복을 입었다. 그 선배 이야기처럼 낮은 땅에서 살아보려고, 똥방위도 군인이라고 목소리 낮춰 외치면서.

현역병들은 입대한다 했고 방위병들은 소집이라 불렸다. 소집 첫날 훈련장에서 교육을 받은 후 점심시간 나무 그늘 아래서 쉴 때 교관이 몇 명을 불러놓고 국기에 대한 맹세를 외워보라 했다. 몇 명이 더듬거렸는데 나는 그걸 다 외웠다. 훈육 중대장이 "니가 소집 훈련기간 21일 동안 중대장을 해."라고 했다.

다음 날 아침부터 아침조례로 하루 훈련이 시작되었다. 150명 정도 되는 훈련병 앞에서 중대장 역할을 해야 했다. "중대 차리엇!" 하면서 단상에 있는 중대장한테 거수경례를 할 때 항상 내가 중대장보다 먼저 손을 내렸다. 그럴 때마다 중대장은 자기한테 오라고 손짓했다. 근처에 다가가는 순간, 중대장이 워커발로 내 가슴을 쎄게 걸어찼다. 나는 이유도 모른 채 걸어차였다. "손은 내가 내린 후에 내리는 거야." 했는데도 아침마다 긴장이 되어서 몇 날 며칠을 더 걸어차였다.

훈련이 끝난 후부터는 집에서 출퇴근을 했다. 아침 일찍 버스를 타고 읍내 정거장으로 가면 검은 트럭이 기다리고 있었다. 버스를 타고 가다가 이웃 동네 선임자들을 만나면 괴롭힘을 당한 후에 앉은 자리를 내어주어야 하는 일이 한 달 이상이나 되었다. 21일 훈련기간이 끝나고 나니 트럭에 태워져 골프장 만드는 데로 끌려갔다. 몇 달 동안 골프장 잔디를 심었다. 선임자들의 괴롭힘이 더 힘들었다. 삽날 위에 원산폭격을 시키기도 했다. 나는 지금도 골프를 치지 않는다. 한번은 몇 명이 같이 퇴근하는 길인데 대대장이 타고 가던 차가 멈췄다. 대대장 하는 말이 "방위병도 군인이다. 줄 지어서 퇴근하라."라고 했다. 속으로 '퇴근길에도 간섭하는군.' 했다.

소집해제 이후 복학해서 과외로 돈 벌어서 학비와 생활비를 마련했다. 한번은 강남 대치동 어느 학생 집을 찾아갔는데 그 학생 아버지가 바로 그 대대장이었다. 나는 순간 놀랐지만 그가 나를 알 리 없으니 시치미를 뗐었다. 두 달 이후 그 학생 과외는 그만두었다.

반가사유상

　일본 국보 1호 목불반가사유상은 참배객이 지나가다가 부처님 가운데 손가락을 건드리는 바람에 손가락이 떨어져 나간 사건이 있었다. 부처님의 미소는 그대로였지만 일본 열도는 국보 1호가 훼손된 이후 난리가 났다. 원형대로 복원해야 한다는 목소리도 높았다.

　탄소동위원소 검사 결과 그 나무는 일본에는 없고 옛날 백제 땅에 자생하던 나무라는 결론이 났다. 우리나라 소나무 적송이었다.

　일본 국보 1호는 손가락을 잃었지만, 우리는 백제의 반가사유상을 찾았다.

　나에겐 내 몸과 같은 친구가 있다. 중학교 때부터 사귀던 여자친구를 대학 다니던 시절에 운동권 선배한테 빼앗긴 친구. 노동운동을 열심히 하던 그 친구는 현장에서 손가락이 두 번이나 잘려 나간 적도 있었는데 지금은 그 모든 슬픔을 딛고서 반가사유상의 미소를 띠면서 안동 어느 구석진 뒷골목을 헤치고 다닌다. 이 시대 가장 낮은 땅에서 살아가는 이주 노동자들 등을 토닥거려주기 위해서.

　내 친구는 손가락을 잃었지만, 이주 노동자들은 반가사유상을 만났다.

유림이

성은 이씨였다, 이유림.

아버지는 서울 농대 출신으로 거실에 나무를 가득 키우던 분.

유림이를 처음 만난 곳은 영등포 어느 영화관 앞 버스 정류장이었다.

나는 그때 노량진 서울대 분교로 불리던 대성학원을 다니고 있었다.

추석 무렵 고향 갈 기분도 아니고 해서, 에라 모르겠다 하고

생맥주 500cc 두 잔 마시고서 영화관으로 갔다.

정윤희가 주연으로 나오는 「뽕2」 영화가 끝나고

고개 숙인 채로 버스 정류장으로 가는데,

눈 바로 앞에 청바지 입은 여고생인 듯한 아이가 눈에 번쩍 띄어서

술이 단숨에 깼다.

그 여고생 아이를 추적해서 버스를 세 번 갈아탔다.

양천구 화곡동 근처 아파트를 향해 가는 도중에 "저기요, 저기요." 하면서 그녀를 불렀다.

「뽕2」의 에너지였던가! 우리는

아파트 주위를 돌면서 무려 세 시간을 이야기하면서
같이 걷다가 헤어졌다.

그때 유림이는 고3, 나는 재수생,

유림이가 나한테 무슨 대학 다니냐고 묻길래

느닷없이 서울대학교 치과대학 다닌다고 구라를 쳤다.

그 이후 나는 유림이를 계속 만나고 싶어서 치과대학
에 들어갔는데,

유림이는 대학 입학시험에 세 번이나 낙방을 했다.

서대문 무슨 학원을 찾아가서 만난 게 마지막이었다.

지금도 기억난다, 유림이 하던 말이.

"오빠 미안해요. 대학 입학하면 오빠하고 계속 사귀고
싶어요."

유언처럼 내 귀에 걸려 있는 말.

정희에게

너를 처음 만난 날은 칼바람이 목을 가르는 몹시도 추운 겨울이었지. 나는 막 대학교를 입학한 신입생이었고, 너는 은행 근무한 지 2년째. 집에서 학비 도움을 받을 수 없는 나는 학교 도서관에서 한 달에 5만원 받는 아르바이트를 하다가 방학 동안에는 힘이 들더라도 돈을 조금 더 받을 수 있는 아르바이트를 찾아갔지. 네가 근무하던 은행이었어.

한번은 구내식당에서 직원들과 같이 점심을 먹고 난 후에 너는 마지막까지 나가지 않고 내가 점심을 다 먹을 때까지 기다리고 있었어. 아르바이트 생활에 힘든 게 없냐고 어쩜 그리 공부를 잘해서 시골 출신이 서울에 대학까지 입학했냐고 물었지.

방학 아르바이트가 끝난 후에도 나는 가끔씩 네가 근무하는 은행을 찾아갔어. 그때 네가 사 주었던 맛나던 음식들 지금도 기억해. 너의 눈빛은 별빛처럼 맑았고, 너의 목소리는 개울물 소리처럼 내 귀에 스며들었지.

한번은 증권사 직원하고 상담을 하는데, 세상에나 너하고 목소리와 말투가 똑같은 거야. 그래서 이름하고 나이를 물어봤는데, 그 사람은 네가 아니었어. 그래도 너를 만난 것처럼 좋았어.

지금 여기는 봄비가 내려. 봄비가 나뭇잎을 톡톡 건드리네, 발그스레하게.

경희

치과 문을 연 지 30년이다.

대충 수백 명의 직원이 들고 났다.

들어올 때는 웃으면서, 나갈 때는 뒤도 안 돌아보면서.

내 탓 누구 탓 따지는 게 아니다.

그럼에도 유독 기억나는 직원이 있었다.

이름은 경희.

채용 면접 날 경희는 머리칼을 빗으로 곱게 넘기고 와 이목구비에 이마까지 한눈에 들어왔다.

같이 일 해보시더, 하고 경희를 보냈다.

같이 일하는 동안 대개 내 마음이 편했다.

내가 한 가지를 부탁하면 서너 가지를 알아서 도와주니 말이다.

경희는 간호조무사였다.

남편은 예천 공군부대 부사관이었다.

나는 예천 공군부대 방위병 출신이다.

경희가 어느 날 치과를 그만 두어야겠냐고 했다.

이유인즉 결혼한 지 몇 년 되는데 아기가 들어서지 않아서

인공수정으로 임신에 애써봐야겠다고 했다.

며칠 후 경희는 치과 문을 나섰다.

그러고 나는 경희를 잊었다.

상당한 세월이 흐른 후에 치과로 전화가 왔다.

"원장님! 저예요, 경희,

저 몇 년 고생해서 아들 둘 낳아서 잘 키우고 있고,

다시 치과에 근무하고 싶어서 전화 드렸어요."

며칠 후 다시 경희는 치과에서 같이 일했다.

그전보다 더 친절하게 나의 진료를 도와주었다.

한 삼 년 같이 일하다가 또 다시

치과 일을 그만 두어야겠다고 했다.

허리가 너무 아파서 일상생활이 힘들 정도라고.

쌍둥이 아들 둘을 데리고 와서 자랑을 하던 경희,

그러고 나서도 많은 세월이 흘렀다.

강물은 무심히 흐르면서 기억을 남긴다는 것을

나는 몰랐으면 좋겠다.

지리산 풍금 소리

매화꽃 필 무렵 지리산으로 간다.
빨치산 녹슨 총 위에도 매화 향은 흩날린다.
풍금을 못 치는 음악 선생,
풍금을 잘 치는 국어 선생.
두 연인 사이에 매화꽃 피었다가 시들다가
먼 훗날 두 사람 같이 매화꽃 되었다.
풍금 소리처럼 산다 한다.

한 지붕 1

―동화식당

내 고향 감천에 동화식당이 있다.

내 친구 병남이가 동화식당 사장이다.

병남이는 여자다.

경식이 하고 한 지붕 아래에서 산다.

경식이 코골이가 심해서 딴방 쓴 지 오래일 듯도 하다.

둘 사이엔 지나가는 바람처럼 아들이 둘이 생겼다.

둘째 아들이 동화다.

스무 살 무렵 경식이가 강원도 어디 철책선 근무할 때

병남이가 면회를 왔단다.

나는 그거 한번 주고 갈 줄 알았는데

금반지만 빼주고 가더라카이.

그들은 지금도 한 지붕 아래에서 산다.

한 지붕 2
—조박사

조박사는 내 친구다.
초등 3학년인지 4학년 무렵
조박사가 자기집에 나를 초대했다.
'드디어 조박사가 내가 좋아하는 친구 홍순이를 같이
초대했구나'하고 나는 들떴다.
나는 참으로 고맙고 좋은 친구라 생각했다.
내 친구 조박사는 좋은 친구는 아니었다.
내 첫사랑 홍순이는 미국으로 떠났다며
조박사가 휘파람을 불었다.
바람 부니 댓잎 쓸린다고 했던가.
나의 울음소리는 아니다.

조박사는 한양 조씨 후손,
내가 지어 준 별명이었다.
운동장에서 공을 못 차는 동길이라고.
공차기는 발 따로 공 따로였지만 전략 전술은 조박사
가 다 짜곤 했다.
동길이는 공고를 졸업한 그해에 곧바로 해군에 자원입
대했다.

그 시기, 동길이는 제주 미녀에게 공차기를 끊임없이 했나 보다.

한양 조씨 후손이 제주 미녀 골인에 성공했다.

그네들은 지금도 한 지붕 아래에 산다.

얼마 전 조박사에게서 연락이 왔다.

혼자 남으신 장모님을 자기가 모시겠다면서 천리 먼 길을 운전해서 직접 모시고 왔단다.

해군 입대하던 날, 몸이 불편한 노모가 지팡이를 짚고서 마중 나오신 모습은 지금도 잊을 수 없다고.

요즘 세상에 이런 친구 참 드물다는 생각이 든다.

내 친구 조박사는 좋은 친구가 맞다.

내 친구 이야기 1

키르키즈스탄 의대생 나의 친구가 있다. 그의 아버지는 경북대학교 의과대학의 교수로 정년퇴임하셨다. 나의 친구는 아버지 찬스로 어릴 적부터 남하고는 다른 세상을 체험한 듯했다. 나의 친구는 자격증이 스무 개가 넘는다. 경비행기 운전면허증, 요트면허증, 승마를 즐기고, 모터사이클에 여자친구 태우고 지구 땅을 누비고 다녔다. 나는 어릴 적 마을길에서 자전거 배우다가 무르팍에 상처투성이 그게 다다. 악기는 초등학교 어린 시절에 우연히 잡았던 하모니카가 유일하다. 나의 친구는 플롯부터 시작해서 다루지 못하는 악기가 없다. 나의 친구는 경대 공학박사를 끝낸 후에 프랑스로 7년 유학 생활을 했다. 그 당시 잠깐 단체 결혼이 유행했었다. 신부될 여인은 어렵게 살던 치과위생사였다고 한다. 단체 결혼 사진을 나에게 보여준 걸 기억한다. 초대 받아서 친구 집에 갔는데 그들은 서로 프랑스어로 대화를 했다. 한참 후 친구는 모터사이클을 대구에서 예천까지 타고 왔다. 며칠 후에 키르키즈스탄으로 의과대학 입학하러 간다고 했다. 그는 삼척에서 블라디보스톡으로 가는 배에 자신이 타고 온 모터사이클을 싣고서, 거기에서 키르키즈스탄에까지 중국

러시아 국경선을 따라서 한 달 간 모터사이클로 달려간다 했다. 이제 그는 의사가 되어 메스를 잡고서 인술을 베풀고 있다. 조만간에 중고 요트를 살 테니 같이 오대양 바다 위를 헤엄치자고 한다.

내 친구 이야기 2

어느 눈 내리는 밤에 동화식당에 둘러앉아서 소줏잔을 기울이고 있었다.

식당 주인은 아버지가 일찍 돌아가셔서 얼굴도 기억하지 못하는 내 친구, 엄마는 4남매를 남겨두고 이미 자식들이 있는 남자한테 후처로 들어갔다. 그 이후 4남매는 작은아버지가 키웠다. 내 친구는 아주 어린 나이부터 작은아버지가 운영하던 고물상 일을 도와주며 성장했다. 장남이었으므로 동생들에게 먹을 것을 나눠주면서.

세월이 흘러 어머니가 후처로 갔던 집 남자가 먼저 죽었다. 그 남자의 본처와 친구의 엄마만 지붕 밑에 남았다. 친구가 말했다. 팔자에 없이 엄마가 둘이 된 거지.

내 친구는 야속한 친엄마가 누워 있는 요양병원을 갔고, 또 다른 어머니한테 먹을 것을 싸 들고 드나들었다.

부모 복이 쌍으로 터졌다고 식당 밖으로 눈이 퍼부었다.

오줌발 내기

꽃다운 나이에 만나서 백년해로하는 부부가 있었다.
둘은 금슬이 좋기로 인근 백리까지 소문이 자자했다.
첫날밤에 부부는 이런 약속을 했다.
뭔가 내기를 해서 이긴 사람이 진 사람한테 이것저것
살아가는 데 필요한 자질구레한 일을 시킬 수 있도록
하자는 것.
이 약속을 팔순이 넘도록 한 번도 어긴 적이 없었다.
내기를 해서 할아버지가 이긴 적이 한 번도 없었다.
궁리궁리 끝에 할아버지가 먼저 내기를 제안했다.
누가 오줌을 멀리까지 누는지 오줌발 내기를 하자고.
할아버지는 이번만은 분명 이길 거라 확신했고
할머니도 그 제안을 기꺼이 받아들였다.
내기 직전에 할머니가 한 가지 조건을 내걸었다.
공평하게 손을 대거나 잡지 않고 누자고 말이다.
결국 이 내기에도 할아버지는 졌다.
할아버지는 아흔 가까이 살다가 할머니보다 일 년 먼
저 하늘나라로 가셨다.
하늘나라에서 할머니를 기다리실 게 분명하다.
재촉도 나무라지도 않고 또 져야겠다는 생각으로.

체

체는 뭔가를 거르는 도구다.

아버지는 흙을 한 짐 지고 오신 후에

벽에다가 체를 걸치신 후에 흙을 체에 넣으신 후에 고
운 흙가루를 만드셨다.

아버지는 그 고운 흙가루를 물로 범벅을 만드셔서

방 벽 금간 곳에다 바르셨다.

세월은 녹슬지 않아서

그 시절 아버지 나이가 된 나는 체를 기억한다.

거르는 것을 알게 되었다.

나의 친구는 남편이 프랑스인이다.

비혼주의자였던 그녀에게 애인이 생겼다.

친구의 남편은 어릴 적부터 한국을 그렇게도 좋아했다.

프랑스도 한때는 의무 군복무가 있었는데

대체복무로 한국의 프랑스 상공회의소를 자원해서

한국에서 지내는 동안 사랑에 빠졌다.

몇 년 후 결혼기념일에 강원도 강릉 바닷가로 휴가를
떠났던 날에

바닷가 모래밭에서 결혼 기념 다이아 반지를 친구가

잃어버렸다.

한참을 찾다가 도저히 힘들어서 친구는 남편한테 포기하자고 제안을 했다.

그 반지 없어도 당신의 사랑 영원히 잊지 않겠다고 하면서.

그런데 그 남편 로랑은 절대 포기할 수 없다고 했다.

친구는 문득 어릴 적 체를 떠올렸다.

강릉 여기저기를 수소문해서 체를 구해와

자기네가 놀던 근처를 3일 내내 모래를 퍼 와서 체로 걸렀는데

드디어 다이아 결혼반지가 체에 걸려서 반짝반짝 빛나는 모습을 봤다고.

뭔 떡 할껴?

모국어는 이미 어머니 뱃속에서 들어서 익힌 말이다.

사투리는 이해하기 힘든 모국어다.

산 너머 말 다르고 물 건너 말 다르니

희한한 일도 가끔은 생긴다.

서울내기로 살다가 전라도 시골로 이사를 간 어떤 아주머니

물도 낯설고 땅도 낯선 유배지 같은 마을에서 살아보려고 작정했다.

어느 하루 마을 두렛일을 해야 하니 모두들 모이라는

이장님의 마이크 소리를 듣고 하던 일 멈추고 마을 일터에

어색한 몸짓으로 나갔다.

한참 일을 하다가 쉴 참이었는데 이장님은 새로 이사 온 아주머니 이름을 알 수 없었다.

마땅한 호칭을 찾지 못한 이장님이 물었다.

"근디 뭔 떡을 할라요?"

순간 아주머니는 지난번 이사 올 때 마을 발전기금도 냈는데

또 떡을 해내야 하나, 하고 고개를 갸웃했다.

"서울에서 오시긴 했는디 이미 서울떡이 있으니 어째야 쓸까"

서울떡, 서울떡……

아주머니는 떡이 '댁'을 뜻하는 사투리라는 걸 한참 후에야 알았다.

박무식

어느 날 문득 섣달그믐날, 안동 어수룩한 뒷골목 자그마한 식당에서 그를 처음 만났다. 그는 청송 어느 외진 곳의 중학교 영어 선생님. 그의 키는 내 어깨쯤에 닿았다. 잠깐 이야기를 나눈 후에 나는 그가 시대의 도포자락을 휘날리는 거인임을 눈치챘다. 나는 그때 하염없이 작아졌다. 그의 외할아버지는 3·1 운동 당시 대구 계성고등보통학교를 다니며 그림 그리던 이여성 또래들과 같이 혜성단을 만들어 대구 학생 3·1 운동을 주도했던 분. 그 이후에는 사회주의 사상의 영향을 받으면서 만주로 터전을 옮겨서 독립운동을 지속했다는 이야기를 들었다. 그와의 첫 만남은 밤이 깊어서 끝나게 되었다. 며칠 동안 그의 이야기가 머릿속을 떠나지 않았다. 참 힘든 세월을 겪었겠구나. 그한테서 문자가 날아왔다. 5년 동안 국가보안법으로 기소되어 시달리다가 결국 무혐의 판결을 받았다고 했다. 북한과 남북 평화에 관한 이야기를 온라인에 올렸다는 이유로 국가보안법 위반으로 기소된 그. 교실에서 영어 수업을 하는데 느닷없이 검은 옷의 사람들이 끌고 갔고, 쉬지 않고 고초를 당했다. 그러는 사이에 그의 부인은 마음고생에 시달리다가 육체적으로 피폐해지고 그 정신적 스트레스를 이겨내기 위해 금강경을 필사했다. 그 습관은 지금도 계속되고 있다고. 악은 정말 평범하다. 한참 후에 그가 또 한 통의 문자를 보내왔다. 외할아버지의 독립운동 기록이 국가기록원에 분명히 있는데도 불구하고 사회주의적인 입장에 섰다는 이유로 오랫동안 독립운동 유공자로 인정받지 못하다가 광복 60주년을 맞이한 2005년 김대중 정부 시절에 그의 외할아버지 이기명 선생이 건국훈장 애족장을 받았다고 했다. 드디어 그는 독립유공자 후손이 되었다. 그는 외할아버지의 뜻을 부정하는 삿갓을 쓰지 않았다. 그는 영어 선생님으로 40년 가까이 건강한 사람을 키워내기 위해 교실을 지키고 있다. 방과 후에는 운동장 옆 텃밭에서 농사를 지으며 이웃들과 나누어 먹는다. 오늘도 그 술집에 그가 키운 채소들이 올까. 오이꽃처럼 연약하고 열무잎처럼 얇고 순결한 사람.

화장하는 남자

60대 중반의 환자가 치과 문을 열고 들어왔다.

치료 의자에 앉아서 어느 이빨이 어떻게, 언제부터 아팠고 하면서 불편함을 호소했다.

그분의 헤어스타일은 살짝 단발머리에 앞쪽과 뒤쪽을 안으로 말아 올린 모습이었다.

얼굴은 짙은 화장에 입술과 뺨에는 연지빛이 짙었다.

치료 기간이 몇 달 걸렸다.

한참 후에 그분한테 물었다, 여자처럼 화장하는 이유에 대해서.

자기는 직업군인으로 군 헌병대에 오랫동안 근무했다고,

무슨 사건이 생겼는데 그 사건으로 해서 너무나 억울하게 너무나 심하게 고문을 당했다고 한다.

그 후에 군에서 쫓겨났다고, 그 고문 후유증으로 남자들이 싫어서 여장을 하고 다닌다고 했다.

그는 지금 예천 소백산 깊숙한 데 집을 짓고 염소를 키우면서, 아니 염소들을 사랑하면서 살아가고 있다.

화장품 가격이 만만치 않을 텐데 염소 잘 키우시라 한마디 던졌더니, 고맙다고 윙크하면서 치과 문을 나선다.

4부

바람을 담다

바람개비

들길 걷다가 바람을 만나거든 안아주세요.
다시 만나지 못할 바람을 안아주세요.
먼 훗날 그 바람 그리울지도 모르니 꼬옥 안아주세요.

봄바람이 부는 날 마음이 유난히 설레는 이유는
꼬옥 안은 바람이 돌리고 간 마음 속 바람개비 때문일
테지요.

별똥별

나는 나는 죽어서 별똥별이 되어서
옆으로 몇 발자국, 몇 발자국 움직여서 떨어지고 싶다.
다시 매화꽃으로 피어나고 싶다.
매서운 봄날 매화꽃 부끄럼 빛내며 다시 피어나고 싶다.
때론 연분홍으로 흩날리면서.

나는 나는 죽어서 별똥별이 되어서
옆으로 몇 발자국, 몇 발자국 움직여서 떨어지고 싶다.
다시 꽃잎으로 떨어지고 싶다.
매서운 겨울날 눈꽃 부끄럼 빛내며 다시 떨어지고 싶다.
때론 지리산 설산 닮은 순백으로 덮이면서.

그럴 수 있다면 좋겠다, 정말!

풀잎의 노래

살다가 가끔씩 아주 가끔씩은 내가 풀잎처럼 느껴질 때가 있다.

바람과 사랑에 빠졌다가 바람이 지나가버린 텅 빈 자리에서 풀잎은 그저 흔들린다.

마치 아무 일도 없었던 것처럼

혹은 다시 불어올 바람을 두리번거리면서 고요히 숨죽인다.

바람 그냥 불지 않듯이 풀잎 또한 그냥 흔들리지 않는 법이다.

꽃향기

꽃이 핀다.
바람이 분다.
꽃을 기다렸다가 바람이 분다.
꽃은 좋아라고 흩날린다.
바람이 분다.
꽃이 진다.
꽃향기 바람에 저물어 간다.

0.1mg 희망

0.1mg의 사랑일 수 있기를.
이 험한 다리 아래서
무게 없는 별빛이 가볍게 강가에 여울지고
무게 없는 바람이 어쩔 수 없는 나무에게 내려앉듯이.

나무의 기술

누구나 제 잘난 맛에 산다고 하지만
오로지 자기만 잘났다고 우겨댈 때
옆이 보이지 않는다.
세상이 향기로워지지 않는다.

나무를 심어본 사람은 안다.
웃자란 나무는 열매가 부실하고
웃자란 나무는 옆에 선 나무를 괴롭힌다는 것을.

옹달샘

모래에 포위된 사막의 오아시스는 전투적이다.
첫사랑 같은 옹달샘이 나는 좋다.
하느님도 거기를 자주 찾을 게 분명하다.
누군가 몰래 훔친 눈물 고여 있는 곳.

황지연못

시간이 흐르나 사랑이 흐르나 알고 싶거든
황지연못으로 가려무나.
흐르는 게 뭐냐고 묻고 싶거든
황지연못으로 가려무나.
삶도 사랑도 흐르는 것이 아니라
샘솟아야 한다는 것을
황지연못은 알고 있다.

꽃

봄꽃은 봄에 피고 가을꽃은 가을에 핀다.
억새는 억새대로 분주하게 바람에 흔들리며 꽃을 피운다.
엄동설한 눈을 뚫고 노란 복수초가 빛난다.
꽃 피지 않는 계절이 어디 있으랴.

사계절 내내 꽃들은 저마다 온 힘을 다하여 꽃을 피우
고 있다.
우리도 온 힘을 다하여 꽃을 피워봐야 한다.
꽃처럼 산다면
꽃피지 않는 인생이 어디 있으랴.

깨와 좁쌀

깨알 같은 글씨라 했다.
좁쌀 같은 놈이라 했다.
아무 먼 데의 깨알 같은 별,
더 먼 데의 좁쌀 같은 우리들의 사랑,
아주 작아서 보이지 않아서 좋은,
강물의 끝자락.

복수초

누군가는 민들레꽃이라 했다.
나는 복수초꽃이라 했다.

민들레 꽃씨가 꽃샘바람에 흩날리듯
복수초꽃이 언 땅을 녹이듯

멀리멀리 꽃씨가 날려 온 세상 그윽하길 바라듯
얼어붙은 땅을 가득 안아주길 바라듯

바람대로 이름을 불렀다.

추억에서 찾아낸 시적 관조(觀照)
―황화섭의 시세계

이동순(시인, 문학평론가)

　한 편의 완결된 시가 빚어지기까지는 가혹하고 험난한 도야(陶冶)의 과정이 필요하다. 도야란 갈고 닦는다는 뜻이니 그냥 원석 그대로는 결코 시가 될 수 없다는 말이다. 그러므로 도야란 자기 스스로 정련(精練)의 코스에 비견될 수 있다. 한 편의 초고를 써놓고 오래오래 들여다보며 궁리하고 요모조모 되새기고 과연 어떻게 하면 좀 더 시적 효과가 빛날 것인가 궁극적 방안을 도출하는 노력이 필요하다. 도공(陶工)이 도자기를 빚어내는 과정도 이와 같을 것이다. 조금이라도 정성이 부족하거나 흠결이 개입될 때 빛나는 완성품을 기대하기 어려운 법이다.

　황화섭의 시편들은 독자들이 우선 읽기에 편하고 수월한 느낌이 든다. 그만큼 평이한 산문적 서술형태를 취하고 있기 때문이리라. 난삽하고 까다로운 시적 상징이나 복선이 전혀 없다. 그의 시작품 공간에 배치되어 있는 것은 추억이나 과거 시간의 어렴풋한 실루엣이다. 그것은 그리움을 유발하고, 기어이 눈물의 경지로 이동해 간다. 그 과정에서는 감각적 연상작용이 단계적으로 발생하면서 감정의 농축 효과로 이어진다. 새봄에 꽃이 핀다는 것이 나의 울음소리 때문이라는 기상천외한 연결성을 담보하고 있다. 황화섭의 시가 수차례 내적 위기를 겪으면서도 기어이 아슬아슬한 과정을 거치며 성공적인 시작품으로 살아나게 될 수 있는 것도 사실은 이러한 악전고투 때문이다.

어머니 누워 계시는 묘지 위로
장끼 우는 소리.
쪽빛 하늘, 마른 나뭇잎 밟히는 소리.
바람의 향기, 톱날에 쓰러지는 나무들 톱밥의 냄새.
나는 순식간에 어미를 잃어버린 염소 새끼처럼 운다.
나의 울음소리가 온 산천에 진달래꽃을 피워냈다.

「봄날은 간다」 전문

무덤 부근에서 들리는 꿩 소리는 이미지의 배합이 아주 잘 되는 장면효과로 증폭된다. 거기다 하늘빛과 마른 삭정이 부러지는 소리는 서러운 실감으로 연결되고 있다. 청각적 이미지와 시각적 이미지의 교합이 적절한 감성적 공간으로 집약된다. 이 시작품에서 5행의 울음은 극적인 반전(反轉)이다. 여러 감각적 연상작용의 연결로 이어지던 경험들이 내적 폭발로 이어지기 때문이다. 그런데 더욱 놀라운 것은 자신의 울음소리가 온산의 진달래를 피워내게 했다는 시적 발상이다. 이런 담대함이나 예상치 못한 반전이 이 작품을 하나의 독립적이고 당당한 시작품 구조로 일어서게 만드는 것이다.

무수한 실패와 좌절을 겪으면서도 시인은 끝내 포기하지 아니하고 시의 본령에 도달하려는 안간힘으로 버티고 있다. 시「정지선에서」는 달이라는 도구가 이 작품을 살아 있는 시작품으로 일어서게 만드는 결정적 역할을 담당하고 있다. 느닷없는 반전이나 전혀 예기치 않은 복선의 배치, 이것이 황화섭 시인만이 지니는 비장의 무기인 셈이다.

인적 없는 찻길에 정지선이 있어서 잠시 멈추었지.
세상에나!
하얀 둥근 달이 앞을 막아 섰더라구.
나는 그때 그 달이 너인 줄 알았어.

「정지선에서」부분

시「나비의 꿈」은 몽상적이다. 이따금 동화적 분위기를 자아내기도 하는데 전체적 배경은 밤바다를 뒤덮고 있는 별이다. 그런데 그 별 속에서 뜻밖에도 나비 한 마리를 발견하게 된다. 시인은 그 나비를 들어 올려 마치 마술적 무대 행위를 하듯이 떠받들어 옮긴다. 그때 나비는 슬그머니 별 속으로 들어가 하나가 된다. 상식으로는 도저히 풀어내지 못하는 환상적 장치가 느껴진다. 그런데 그 장면 효과가 그윽하게 되살아나고 있다.

물속에서 허우적거리면서 밤별을 즐기고 있는데,
뭔가 날리는 듯 나는 듯 허우적거리는 게 보여서 유심히 바라봤죠.
하얀 나비 한 마리였어요.
가벼운 손길로 나비를 들어 올려서 잔디밭으로 옮겨주었어요.
물에 젖은 날개가 한없이 떨리더군요.
한참 후에 실오라기 같은 풀잎 끝자리에 올라앉아서 한참을 머물러 있었어요.
고맙다는 듯이 날개를 몇 번 흔들다가
그 나비는 바위를 부술 듯한 파도 소리를 뚫고 하늘 별빛 속으로 날아갔어요.

「나비의 꿈」 부분

시 「하얌」의 효과는 우리말의 감각적 반응이 놀랍게 형성된다. 사실 '하얌'이란 말의 어법은 불가능하다. 왜냐하면 '하얗다'는 색채를 의미하는 형용사이기 때문이다.

형용사의 명사형은 성립이 되지 않는다. 이를테면 '파랗다'를 '파람'으로 전성(轉成)시킬 수는 없다. 이것은 '까맣다'를 '까망'으로 만들 수 없는 것과 동일하다. 하지만 반드시 기계적 인식으로만 판단할 수 없는 것이 시의 어법이다. 시인은 문법상으로 맞지 않는 말도 빚어낼 수 있는 법이다. 하얌, 까망, 파람 따위의 신조어는 얼마나 싱싱하고 풋풋하며 산뜻한 정서를 자아내게 하는가. 그런 점에서 시 「하얌」은 예상치 못한 성공으로 이어지고 있다.

누가 하얌을 보여달라 하면 나는 주저 없이 하이얀 박꽃을 보여주리.
팔월의 은하수와 달빛을 흠뻑 빨아들인 박꽃을 보여드리리.

「하얌」 전문

이렇게 시인은 우리말의 고유성을 잘 갈무리하면서 새롭고 어여쁜 말을 만들어내는 것이다. 전혀 예상치 못한 기대와 효과를 '하얌'이라는 세계는 충분히 이룩해내고 있질 않은가. 그동안 어디에서도 들어보지 못한 빛깔인 '하얌'의 신선하고 고결한 느낌을 이 시에서 처음으로 경험하면서 놀라움을 갖게 된다.

이 '하얌'의 의미가 시 「어버이날」에서 '속울음'으로 연결된다는 놀라운 사실을 우리는 깨닫게 되었다. 돌아가신 부모님이 몹시 그리운 날에 하얀 꽃이 더 좋고, 그것은 나의 눈물과 동일하기 때문에 필연적으로 백색을 지니게 된다는 것이다.

> 붉어서 좋은 꽃도 있다
> 하얘서 좋은 꽃도 있다
> 아버지 어머니 그리운 날엔 하이얀 꽃이 더 좋다
> 내 눈물 그저 하얄 수밖에 없는 날
> 아버지 어머니 산소 옆에 심은 하이얀 꽃이 속울음이
> 무엇인지 보여주었다

「어버이날」 전문

황화섭 시작품의 문체는 일단 길고 유장하다. 그것은 서술형 문장의 조합이 강물처럼 이어지기 때문이다. 그 기나긴 연결의 길이 속에는 마을과 가족사의 설화성이 들어 있고 흘러간 시간의 아련한 추억이 서려 있다. 산문 시로서 읽어낼 수도 있겠지만 이따금 너무 심오한 깊이가 느껴지지 않는 훤한 바닥이 보이기도 한다. 좀 더 간결하고 단단한 압축 효과가 필요한 대목이기도 하다. 시의 본령(本領)은 간결성과 압축성의 미학에 기초를 두고 있기 때문이다. 길게 풀어서 쓴 산문을 짧게 압축해서 아주 간결한 선으로 빗금을 긋듯이 단순하게 처리하는 것. 그러한 터치 속에 시의 본령이 숨어 있는 법인지도 모른다.

황화섭 시세계의 배경 공간은 아름다운 내성천과 황지 연못, 검무산과 외나무다리, 옹기종기 모여 사는 작은 초가집들의 마을, 예천 감천면의 아름다운 산골 동네 정경들이다. 그곳에는 '동화식당' 주인 부부의 살뜰한 설화가 살아 있고, 백발노인 부부가 서로 오줌발 내기를 하는 기이한 동화를 연출하기도 한다. 그 여러 시적 질료들은 서로 교호하고 작용하면서 그윽한 관조의 풍경 내부로 들어가 제 자리를 잡는다.

　이런 눈물겨운 공간에 거주하면서 시인의 표상은 늘상 풀잎으로 형성된다. 풀잎은 바람을 만나서 잠시 흔들리기도 하지만 곧 평정을 회복한다. 언제 내가 바람을 겪었던가 하는 듯 능청스럽게 시치미를 떼고 있다. 하지만 그러한 태도는 다시 바람이 불기를 기대하는 자세와 다르지 않다. 여기서 바람이란 시적 인식, 시적 긴장을 유발하고 자극시키는 동력의 원천이다. 시인은 이러한 자극을 끊임없이 기대하고 갈망한다. 시 「풀잎의 노래」가 지니는 원리는 바로 황화섭 시인의 삶이자 그 원형을 고스란히 보여준다.

　살다가 가끔씩 아주 가끔씩은 내가 풀잎처럼 느껴질 때가 있다.
　바람과 사랑에 빠졌다가 바람이 지나가 버린 텅 빈 자리에서 풀잎은 그저 흔들린다.

마치 아무 일도 없었던 것처럼

혹은 다시 불어올 바람을 두리번거리면서 고요히 숨죽
인다.

바람 그냥 불지 않듯이 풀잎 또한 그냥 흔들리지 않는
법이다.

「풀잎의 노래」 전문

황화섭 시가 지니는 에너지의 원천은 바로 과거 시간
의 기억과 재생이다. 시 「기억」의 한 대목에서 우리는 그
러한 단서를 발견한다. 인간은 누구나 기억에 의지하면서
현재의 삶을 유지해간다. 그 기억 속에는 유가적 질서가
살아 있고, 삶의 가치관이 엄정하게 유지된다. 기억의 재
생장치가 현저히 교란되고 순탄한 재생을 잃어버리게 된
다면 그것은 거의 천재지변에 속하는 사태라 하겠다. 일
상적 삶을 살아가면서도 기억의 힘은 매우 소중한 힘의
원천이며 질료가 된다. 하물며 시를 쓰며 자신의 일상을
가꾸어가는 시인에게 있어서 기억의 힘과 그 신비함은
아무리 강조해도 지나치지 않는다. 시인은 바로 그 기억
속에서 생명의 원천을 발견하고 현실 속으로 이끌어낸다.
시인은 이 기억이 지니는 비상한 힘의 위력과 신비함을
잘 알고 있다.

도무지 그 맨 처음을 기억하지 못해서

그저 먼 하늘만 쳐다본 날이 있었다.

기억의 혹독함을 맨 처음 경험한 그 날 이후로
기억의 습작 연습은 내 삶의 중요한 일상이 되었다.

「기억」 부분

　시 「깎는다는 것」은 시인의 어린 날 기억 속에서 추출
된 테마를 다루고 있다. 장날 어머니가 상인과 오랜 실랑
이 끝에 기어이 물건값을 깎는 일에 성공을 거두는 빛나
는 장면을 묘사하고 있다. 그 어머니로부터 전수 받은 삶
의 진정한 비의(秘義)는 '깎는다'는 행위와 그 의미이다.
그 의미는 결코 단순하지 않다. 아주 심오하고도 포괄적
인 의미를 지닌다. 대체 '깎는다'는 것이 무엇을 상징하는
것일까. 그것은 사물을 손으로 다룬다는 행위와도 관련
을 지니는 듯하다. 손으로 다루는 기술을 솜씨라 했으니
그 말의 어원은 '손'의 높임말인 '손씨'에서 비롯된 말이
다. 그 솜씨는 바로 서양의 ars, 즉 기술과 연결되는 뜻이
니 황화섭 시에 등장하는 '깎는다'는 말의 의미는 삶이라
는 유구한 시간성의 지속과 그 동작을 의미하는 것으로
풀이가 된다고 하겠다.

　치과 의사는 이빨을 깎고 중은 머리를 깎고 시인은
나무를 깎고 이태백은 달을 깎고 화가는 바다를 깎

고…… 이렇듯 깎는 것이 삶이라는 것을 나는 어머니
한테서 일찌감치 배웠다.

「깎는다는 것」 부분

시 「외갓집 가는 길」은 전형적인 기억재생의 풍속도라
하겠다. 시인의 가족사와 그 원형이 생기롭게 등장하고
있다. 외갓집 가는 길은 '꼬불꼬불한' 경로였는데 그것은
바로 어머니의 순탄치 못했던 삶과도 같은 것이었다. 그
런데 정신을 수습하고 본즉 그 '꼬불꼬불한' 어머니의 길
은 바로 시인 자신의 길이 되고 있음을 깨닫게 된다. 그러
한 각성과 납득은 시인의 삶에서 매우 중요한 단서를 지
닌다. 다름 아닌 시의 발견과 맥락의 형성으로 이어지고
있음을 알게 되는 것이다.

아주 먼 훗날 외갓집을 찾았다.
놀랍게도 외갓집 가는 길은
어머니 손에 매달려 가던 그대로였다.
꼬불꼬불 어머니 삶처럼 어느덧 이제
나의 삶이 되어버린 그 길.
꼬불꼬불한 그 길이 나의 길이 될 줄 모르고 살았다.
집으로 돌아오는 내내 달맞이꽃은 흐드러지게 달빛에
일렁이었다.

「외갓집 가는 길」 부분

우리는 황화섭 시인의 시집에서 가장 흥미로운 작품 하나를 만나게 되었다. 그것은 시 「꽃 심기」이다. 할머니의 삶과 생애에 대한 회고를 다루고 있는데 시인은 치과의사답게 치아에 주목하고 있다. 할머니의 세월은 치아를 하나둘 바람 속에 날려버리는 상실의 시간을 살아가셨다. 마침내 달랑 두 개만 남아있는 처연한 모습으로 마당 텃밭에서 꽃을 심고 있는 그림 같은 정경을 그려서 보여준다.

할머니는 그 많던 이를 세월의 바람 속에 날려버리고 달랑 이 두 개만 남기고 검은 머리카락을 찾기 힘들 정도의 연륜에도 마당 텃밭에 앉아서 하염없이 꽃을 심으셨다. "내년에 내가 이 꽃을 못 볼지도 모른다." 하시면서 소녀처럼 웃으시며 꽃을 심으셨다. "누구라도 이꽃을 보며 웃을 수 있으면 얼마나 좋아." 하시면서.

「꽃 심기」 전문

할머니는 꽃을 심으면서 '내년에 내가 이 꽃을 못 볼지도 모른다'는 말씀을 하셨다. 이후의 삶에 대한 기대는 전혀 갖지 않으신다. 다만 누구라도 이 꽃씨로 피운 꽃을 보게 되는 시간이 많아지기를 기대하는 밝고 화사한 마음이다. 이 시의 구조와 전개와 매우 유사한 작품을 하나 떠올릴 수가 있으니 그것은 1950년대 6.25전쟁 중에 발표

된 박남수(朴南秀, 1918~1994) 시인의 시작품「할머니 꽃씨를 받으신다」이다. 두 작품의 유사성은 예사롭지 않다. 황화섭이 박남수의 이 작품을 진작 읽고 어떤 영향을 받은 것으로 우리는 전혀 판단하지 않는다. 하지만 두 작품의 우연한 일치와 유사성을 발견하고 주목하면서 한 편의 시세계가 형성되는 기민하고 신비스런 포착과 점화의 전반적 과정을 우리는 주목하게 되는 것이다.

할머니 꽃씨를 받으신다.
방공호(防空壕) 위에

어쩌다 핀
채송화 꽃씨를 받으신다.

호(壕) 안에는
아예 들어오시질 않고
말이 숫제 적어지신
할머니는 그저 노여우시다.

─진작 죽었더라면
이런 꼴
저런 꼴
다 보지 않았으련만……

글쎄 할머니,
그걸 어쩌란 말씀이셔요.
숫제 말이 적어지신
할머니의 노여움을
풀 수는 없었다.

할머니 꽃씨를 받으신다.
인제 지구(地球)가 깨어져 없어진대도
할머니는 역시 살아 계시는 동안은
그 작은 꽃씨를 털으시리라.

박남수, 「할머니 꽃씨를 받으신다」 전문

시 「둥지」는 삶의 다양한 존재에 대한 새로운 인식과 깨달음이며 그것의 성장 과정을 잘 보여주고 있다. 이런 장면을 보고 기록해낼 수 있는 사람을 우리는 시인이라 일컫는다. 이런 원리는 시 「별」에서도 발견된다. 시인은 별과 어머니의 동일성을 풀어내는 방식으로 아들의 새벽 잠을 도입시키고 있다.

황화섭 시집의 전체를 통찰하면서 가장 호젓하고 평화로운 분위기에 젖게 하는 아늑한 한 편의 작품을 추천하고 싶다. 이런 시작품은 참으로 아름답고 그윽한 영향 효과로 이어져서 이 시를 읽는 모든 독자의 심리를 안정 속으로 이끌어 들인다. 시 「석양 1」의 그림 같은 장면을 함

께 감상하며 우리 삶을 새롭게 음미하며 관조해보기로
하자.

  뭇 새들도 고요해지는 검무산의 정상에서 석양을 기다
린다.
  뭇 새들이 고요해지는 이유도 석양을 기다리기 때문일
지도 모르겠다.
  어떤 이는 서쪽으로 산을 타고 넘어가는 이때를 우주
가 가장 분주한 시간이라고 했다.
  멀리 서산의 작은 나뭇가지까지 보이는 시간,
  석양 무렵의 우리 정신도 나뭇가지처럼 명료해지는
  그 풍경에 젖는 우리 마음은
  한없는 그리움의 시간으로 스며들어 간다.

「석양 1」전문

시인 황화섭

1961년 경북 예천군 감천면 덕율리에서 아버지 황만일과 어머니 하대순 사이 5남 4녀의 막내로 태어났다. 덕율초등학교, 감천중학교, 영주고등학교를 졸업했으며 서울대학교 치과대학을 졸업한 후 예천에서 황치과의원을 개원해 31년째 진료 중이다. 2013년부터 수면의 중요성을 깨닫고 수면치의학의 세계적인 대가 Dr. Dave Singh의 세미나를 수년간 들으며 열심히 공부하는 한편, 치과에서 코골이와 수면무호흡증 치료를 꾸준히 하고 있다. 1985년 대학가 쵸루탄 냄새에 취했다가 여름에 서울대 치대 산악부원들과 인도 서북부 히말라야 쿤봉(kun peak) 5,800미터 정찰 등반을 다녀왔고, 2005년 남북 민간교류협의회 회원 자격으로 9박 10일 북한을 방문했다. 2021년 『한맥문학』 신인상을 수상하면서 시인으로 등단했다. 계간 『예천산천』에 의학 칼럼을 연재 중이며 한내글모임 회원, 예천동학농민혁명기념사업회 회원, 사회적협동조합 모천의 이사로 활동하고 있다. 전국 치과의사 그림 대전에서 3회 연속 수상한 경력이 있으며 붓으로 그리고, 펜으로 쓰고, 가끔 마시는 것을 좋아한다. 최근에는 판각을 배우고 있으며 유일한 취미는 하모니카 불기다. 슬하에 2남 5녀의 자녀를 두었다.

황화섭 시집

낮은 데서 시간이 더 천천히

1판 1쇄 펴낸 날 2023년 7월 28일
1판 2쇄 펴낸 날 2023년 12월 22일

지은이 황화섭
펴낸이 김완준

펴낸곳 모악

출판등록 2016년 1월 21일 제523-251002016000004호
주소 경북 예천군 호명면 강변로 258-52, 201호
이메일 moakbooks@daum.net

ISBN 979-11-88071-59-3 03810

* 물개는 모악의 임프린트입니다.

값 12,000원